D0982240

Catalogage avant publication de Bibliothèque et Archives nationales du Québec et Bibliothèque et Archives Canada

Latulippe, Martine, 1971-

À l'école en fusée

(Emma et Jacob ; 2)
Pour enfants de 6 ans et plus.

ISBN 978-2-89591-237-8

I. Boulanger, Fabrice. II. Titre.

PS8573.A781A62 2016   jC843'.54   C2015-942137-3
PS9573.A781A62 2016

Tous droits réservés
Dépôts légaux : 1er trimestre 2016
Bibliothèque nationale du Québec
Bibliothèque nationale du Canada
ISBN : 978-2-89591-237-8

Conception graphique et illustrations : Fabrice Boulanger
Mise en pages : Amélie Côté
Correction et révision : Annie Pronovost

© 2016 Les éditions FouLire inc.
4339, rue des Bécassines
Québec (Québec) G1G 1V5
CANADA
Téléphone : 418 628-4029
Sans frais depuis l'Amérique du Nord : 1 877 628-4029
Télécopie : 418 628-4801
info@foulire.com

Les éditions FouLire reconnaissent l'aide financière du gouvernement du Canada pour leurs activités d'édition.

Elles remercient la Société de développement des entreprises culturelles du Québec (SODEC) pour son aide à l'édition et
à la promotion.

Elles remercient également le Conseil des arts du Canada de l'aide accordée à leur programme
de publication.

Gouvernement du Québec – Programme de crédit d'impôt pour l'édition de livres – gestion SODEC.

Imprimé avec des encres végétales sur
du papier dépourvu d'acide et de chlore
et contenant 10 % de matières recyclées
post-consommation.

MIXTE
Papier
FSC   FSC® C023527

IMPRIMÉ AU CANADA/PRINTED IN CANADA

À l'école en fusée

Écrit par Martine Latulippe

Illustré par Fabrice Boulanger

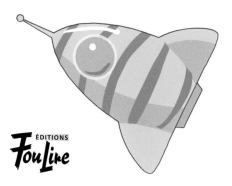

ÉDITIONS FouLire

Jacob est nerveux.

Il a des papillons dans l'estomac.

L'école commence demain.

Jacob a hâte! Mais il est aussi
un peu effrayé…

Jacob va visiter grand-papa Jo.
Il habite juste à côté.

Comme d'habitude, sa petite sœur
Emma le suit.

Le chat Biscuit les suit aussi.

Jacob est très curieux.

Il veut tout savoir.

Il adore poser des questions.

Grand-papa répond toujours…
mais il a beaucoup d'imagination !

Jacob demande :

– C'était comment, l'école, quand
tu étais petit ? Comme aujourd'hui ?

Très sérieux,
grand-papa répond :

– Oh non ! Pas du tout !
Moi, j'allais à l'école en fusée.

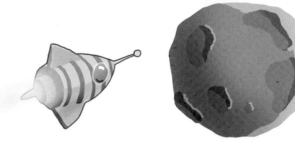

Zoum ! Je traversais les nuages.

J'arrivais sur la Lune.

J'étais content de revoir mes amis
des autres planètes.

Mon professeur était un Martien.

Il avait cinq mains.

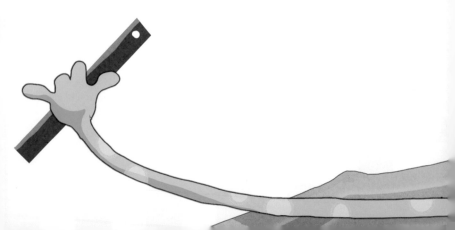

À la récréation, je me balançais sur une étoile.

Je faisais des roulades sur la Lune.

20

Je pouvais bondir d'une planète à l'autre. Bim ! Bam ! Boum !

À la fin de la journée, j'étais très fatigué…

Je remontais dans ma fusée.

Emma ouvre de grands yeux.

Elle demande d'une petite voix :

– C'est vrai, tout ça, grand-papa ?

Grand-papa dit :

– Bien sûr que non ! Mais c'est amusant à imaginer !

En réalité, j'allais à l'école à pied.

Je marchais assez longtemps.
Même sous la pluie, la neige ou
le vent.

Dans ma classe, il n'y avait pas
d'ordinateur ni d'écran.

Juste un tableau et des craies.

À la récréation, on jouait au ballon prisonnier.

Cette fois, ma belle Emma, c'est la vérité !

Jacob rentre chez lui.

Bien sûr, Emma le suit.

Le chat Biscuit aussi.

Jacob n'est jamais allé à l'école en fusée.

Et son professeur ne sera pas un Martien à cinq mains ! Il en est certain !

Mais tout à coup, il a hâte à demain.

Il va monter dans le gros autobus jaune.

Il va rencontrer son professeur.

Il va revoir tous ses copains.

Ils vont jouer au ballon prisonnier.

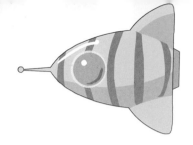

Jacob va raconter les histoires
de grand-papa Jo…

Ils vont bien s'amuser !

Cette fois, Emma ne pourra pas le suivre.

Elle restera à la maison. Et Biscuit aussi.

Écrit par Martine Latulippe
Illustré par Fabrice Boulanger

01- Un été sous l'eau
02- À l'école en fusée

Martine Latulippe a aussi écrit aux éditions FouLire :

- La Joyeuse maison hantée - Série Mouk le monstre
- Les aventures de Marie-P
- Émilie-Rose
- L'Alphabet sur mille pattes - Série la Classe de madame Zoé
- Collection Mini Ketto - Une plume pour Pénélope
- La Bande des Quatre

Achevé d'imprimer à Québec,
février 2016.